U0004359

貓貓蟲咖波

奇幻太空之旅

亞拉◎著

晨星出版

本書介紹

本書收錄了貓貓蟲咖波在網路漫畫平台WEBTOON上的連載，第101話～第150話。咖波的故事出版也來到第3本了，謝謝大家的支持！在書的後面當然也加上了書本特別篇，這次的主題是宇宙，希望大家會喜歡。

咖波的故事經過了100多集，咖波的內心也在慢慢的轉變，原本身邊小動物們對咖波來說都是食物，一見面就是一口吞。隨著時間的經過，漸漸的跟大家成了好朋友，所以現在都是抱著想跟朋友一起玩，以友好的心態吞食大家的。好吧…以結論來說，還是在大吃特吃哈哈哈哈！

人物介紹

咖波

拉拉

暴龍姐

狗狗

兔兔

小雞

咪卡

小海豹

果凍人

北極熊

橡皮筋

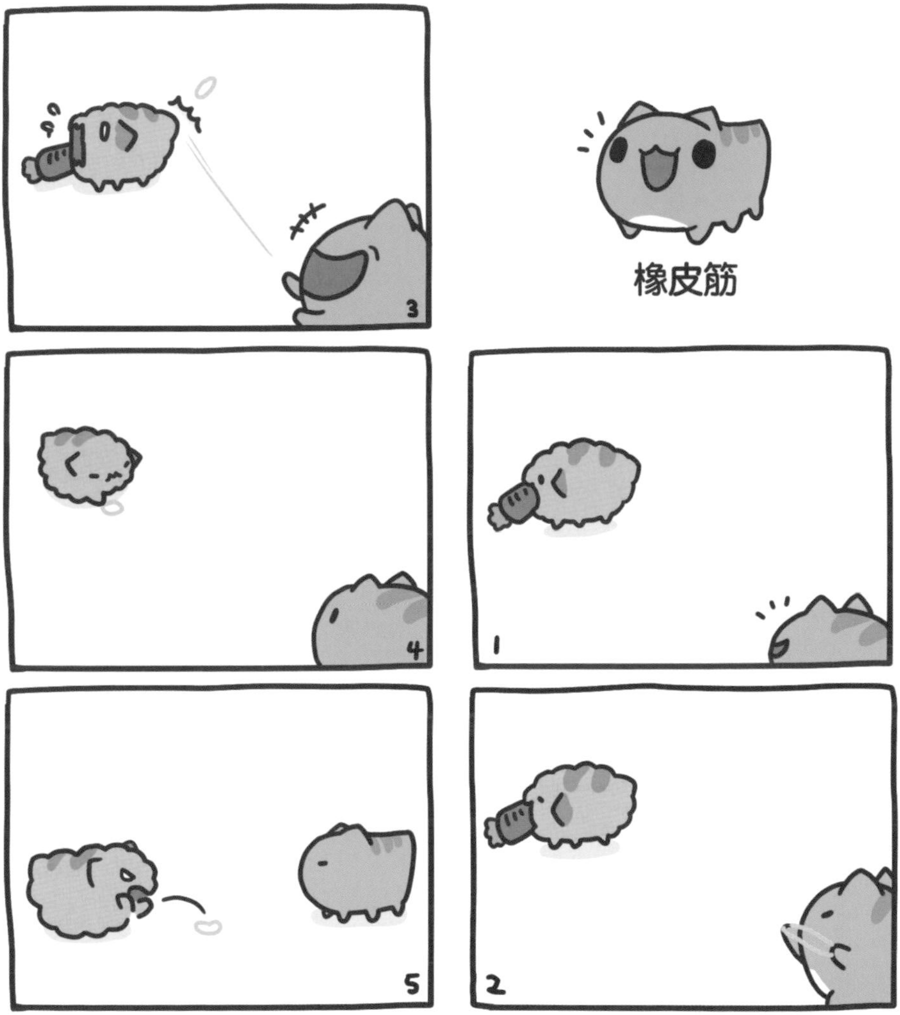

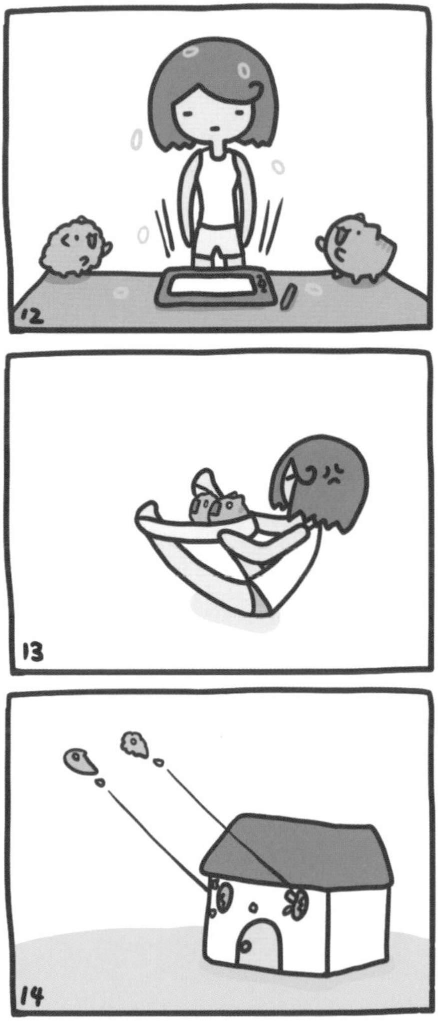
12
13
14

抽鬼牌

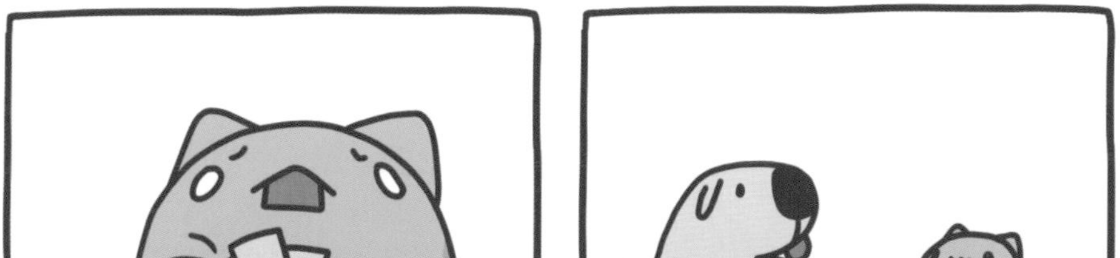

12

蛀牙

臭屁蟲

跟自己玩

飛碟

吃蛋糕

貓蟲快遞

即興演奏

時裝秀

彩妝大師

搬家達人

SOS
大富翁

×8

-2,000,000

貓蟲農場

100

補顏色

噴泉

100

組裝椅
??

放風箏

吃冰

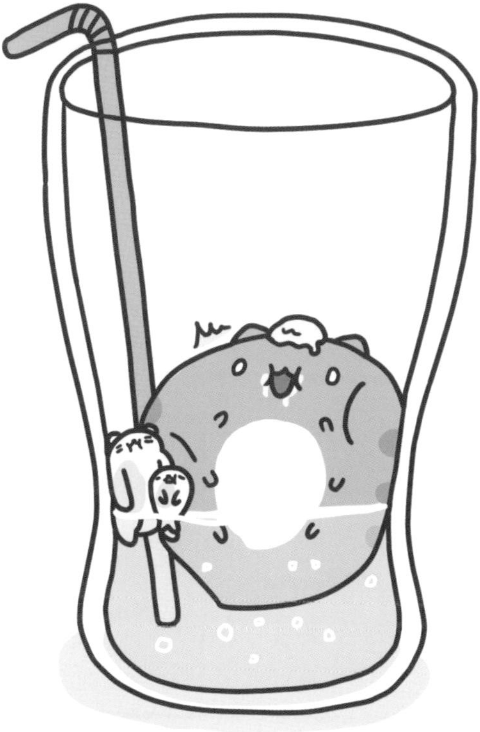

小雞部落

種肉肉

捲筒衛生紙

漏水
Z Z

Z Z

狗狗日常

飛吻

HAPPY Mother's Day

功夫蟲

打棒球

螢火蟲

z
z

溜冰鞋

好熱好熱

紙飛機

滑鼠

泡麵

龜龜島度假

?
$1000
Z Z

打蒼蠅

做布丁

小車車

電扶梯

飛行泡泡

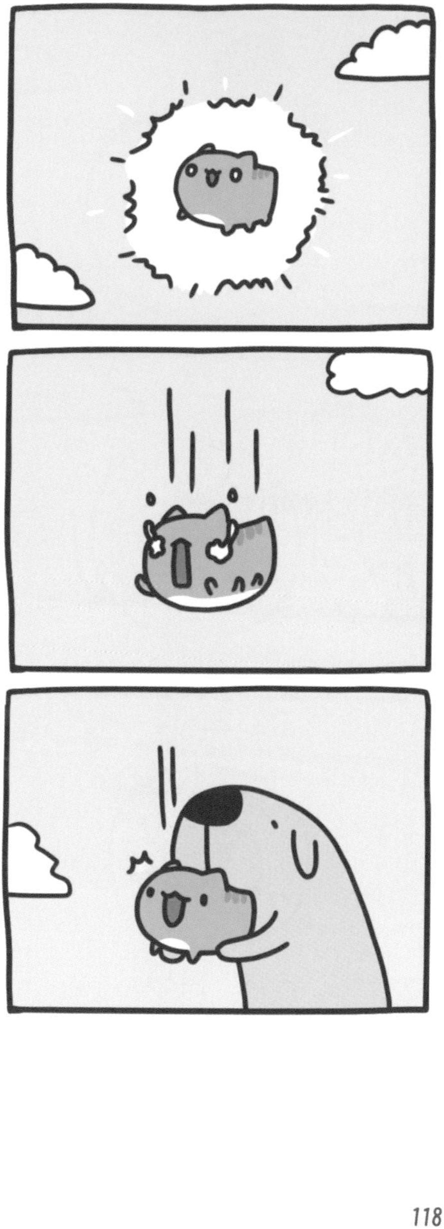

擱淺

吊單槓

泛舟
!!!

火箭發射

月球任務

扮鬼臉

Z Z
Z Z

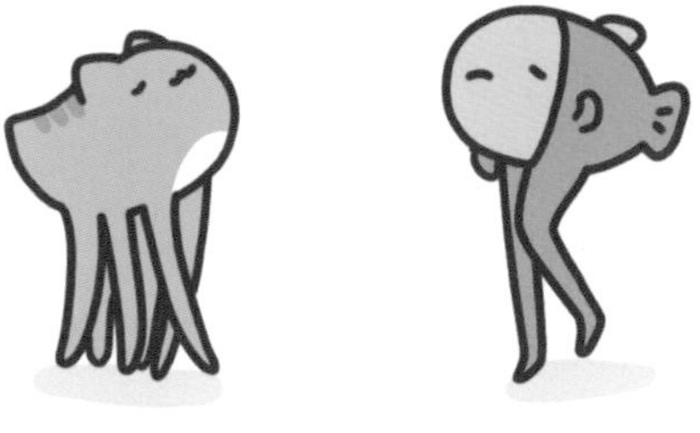

野生的咪卡

垃圾投籃

蜜蜂貓咖波

尾巴拉麵

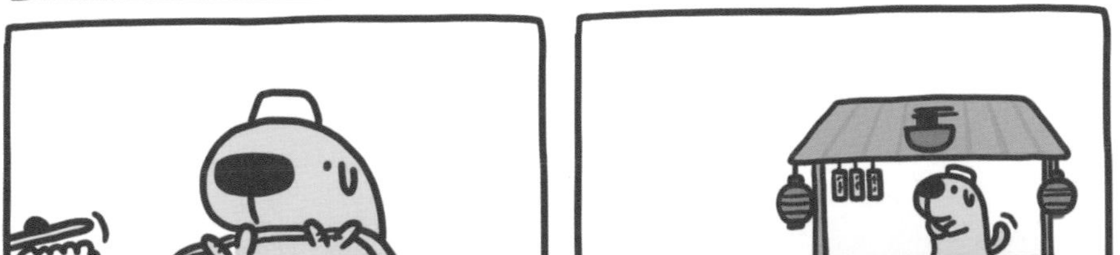

小咩咩雲

特別篇
尋找太空漢堡

PACE
RGER

SPACE
BURGER

Lifecare 016

貓貓蟲咖波

奇幻太空之旅

作者：亞拉｜主編：李俊翰｜美術編輯：張蘊方｜封面設計：亞拉｜創辦人：陳銘民｜發行所：晨星出版有限公司｜地址：台中市 407 工業區 30 路 1 號｜電話：04-23595820 FAX：04-23597123 ｜行政院新聞局局版台業字第 2500 號｜法律顧問：陳思成律師｜讀者服務 TEL：02-23672044 / 04-23595819#212 ｜ FAX：02-23635741 / 04-23595493 ｜ E-mail：service@morningstar.com.tw ｜網路書店：http : // www.morningstar.com.tw ｜郵政劃撥：15060393（知己圖書股份有限公司）｜初版：西元 2019 年 2 月 1 日｜二刷：西元 2019 年 4 月 1 日｜印刷：上好印刷股份有限公司｜定價：290 元

ISBN：978-986-443-829-7

Printed in Taiwan

版權所有 翻印必究

如有缺頁或破損，

請寄回更換

《貓貓蟲咖波》之數位內容同步於

LINE WEBTOON漫畫平台線上刊出

填寫線上回函
即享『晨星網路書店50元購書金』

您也可以填寫以下回函卡，拍照後私訊給 搜尋 / 晨星出版寵物館
就有機會得到小禮物唷！

◆讀者回函卡◆

姓名：__________ 性別：□男 □女 生日：西元 / /

教育程度：□國小 □國中 □高中 / 職 □大學 / 專科 □碩士 □博士

職業：□學生 □公教人員 □企業 / 商業 □醫藥護理 □電子資訊
□文化 / 媒體 □家庭主婦 □製造業 □軍警消 □農林漁牧
□餐飲業 □旅遊業 □創作 / 作家 □自由業 □其他__________

* 必填 E-mail：__________ 聯絡電話：__________

聯絡地址：□□□__________

購買書名：貓貓蟲咖波：奇幻太空之旅

・促使您購買此書的原因？

□於 ______ 書店尋找新知時 □親朋好友拍胸脯保證 □受文案或海報吸引
□看______網路平台分享介紹 □翻閱 ______ 報章雜誌時瞄到
□其他編輯萬萬想不到的過程：__________

・怎樣的書最能吸引您呢？

□封面設計 □內容主題 □文案 □價格 □贈品 □作者 □其他 ______

・請勾選您的閱讀嗜好：

□文學小說 □社科史哲 □健康醫療 □心理勵志 □商管財經 □語言學習
□休閒旅遊 □生活娛樂 □宗教命理 □親子童書 □兩性情慾 □圖文插畫
□寵物 □科普 □自然 □設計 / 生活雜藝 □其他 ______

加入晨星寵物館粉絲頁，分享更多好康新知趣聞
更多優質好書都在晨星網路書店 www.morningstar.com.tw

請填妥後對折裝訂，再貼妥郵票寄出

請黏貼
8 元郵票

407
台中市工業區30路1號
晨星出版有限公司
寵物組

請沿虛線摺下裝訂，謝謝！

更方便的購書方式：

(1) 網站：http://www.morningstar.com.tw
(2) 郵政劃撥 帳號：15060393
戶名：知己圖書股份有限公司
請於通信欄中註明欲購買之書名及數量
(3) 電話訂購：如為大量團購可直接撥客服專線洽詢

◎ 如需詳細書目可上網查詢或來電索取。
◎ 客服專線：04-23595819#212 傳真：04-23597123
◎ 客戶信箱：service@morningstar.com.tw